LA RÉVOLUTION EN VAUDEVILLES.

PRISE
DE LA BASTILLE

LA RÉVOLUTION EN VAUDEVILLES,

Ou Précis exact et circonstancié de ses principaux événemens, depuis l'assemblée des Notables, jusqu'à la conclusion du procès de Carrier et compagnie ; nos armées, leurs succès et leurs revers.

Les travaux des différentes Législatures, la fin tragique de quelques chefs de faction, notamment des d'Orléans, Danton, Brissot, Robespierre, etc., etc., etc., etc., etc.

Par le Citoyen P***.

Le tems présent est gros de l'avenir.
LEIBNITZ.

Deux volumes *in*-18.

Le premier se terminera à la mort de Capet, et le second à l'exfoliation de tous les Carriers en traitement.

TOME PREMIER.

A PARIS,

Chez CHAMPON, Imprimeur-Libraire, rue du Commerce, ci-devant Cloître Merry, N°. 460.

Et chez les Marchands de Nouveautés.

L'An III de la République Française.

AVANT-PROPOS.

L'ASCENDANT impérieux d'une femme étrangère à notre sòl, comme aux loix de la modération ; la foiblesse honteuse de son époux, aussi nul par ses propres facultés, que dangereux sous une main perfide ; les déréglemens monstrueux d'une cour puissante et corrompue : un peuple sensible et spirituel, fatigué de n'obtenir, pour prix d'un attachement inviolable, que le mépris des maîtres qu'il devoit autant à son adoption, qu'aux loix de son gouvernement primitif: Voilà les atômes politiques du concours desquels se forma notre Révolution, exemple des Peuples, et l'effroi de ceux qui les asservissent.

Je ne prétends, pour l'intelligence des faits qui la caractérisent, ne m'attacher qu'aux masses: je ne laisserez qu'entrevoir les causes pour m'étendre sur les résultats.

Cet Ouvrage peut devenir très-utile, considéré sous

differens aspects ; le Sommaire précédant chaque couplet, offrira seul un trait de l'histoire, et pourra devenir exclusivement l'objet de l'attention du Lecteur, qui ne desire qu'être instruit. Les couplets eux-mêmes, pris séparément, offriront un léger poëme, où chaque incident, exposé d'une manière simple et précise, aidera d'autant mieux à la mémoire, que la mélodie des airs connus s'y joindra au rithme. Si je me suis écarté quelquefois du style badin, presque toujours la base du vaudeville, c'est lorsque la romance prêta ses couleurs plus douces pour peindre des traits honorés par nos larmes. Je n'ai point soumis mes réflexions particulières sur chaque fait, déférant à celles de la multitude; je serai toujours trop payé de mes soins, si mes Lecteurs daignent s'appercevoir du zèle qui les dirigea.

Air : *Chansons, chansons.*

Ce croquis, offre à la mémoire,
Les traits qui parent notre histoire;
Et je reponds,
Que si des vers on peut médire,
Du sujet on ne poura dire,
Chansons, chansons.

LA RÉVOLUTION EN VAUDEVILLES.

CHAPITRE PREMIER.

Sous un monarque indolent, adonné à la plus crapuleuse débauche, la France gouvernée par des ministres despotiques, perdoit chaque jour de sa splendeur. Ses moyens rendus insuffisans pour le peuple, ne servoient qu'à soutenir le luxe effréné des grands, qui mettoient sans cesse sous les yeux du philosophe sensible le contraste d'une prodigieuse dissipation, et d'une extrême indigence.

Air : *Il étoit une fille.*

Sur le trône de France,
Louis XVI régnoit,
Ou bien plutôt il sommeilloit ;
Epuisé de finance
L'état dépérissoit,
Et le peuple souffroit.

Air : *Du haut en bas.*

Le peuple helas !
Sous les impôts courboit la tête ;
Marquis, prélats,
L'insultoient, et ne payoient pas,
De ce procédé malhonnête,
A tirer vengeance s'apprête,
Le peuple las.

CHAPITRE II.

Les impôts accrûs par les besoins de l'état, ne pouvant être assis que sur les riches, pour les y déterminer on assembla les notables, qui, par une docilité étrange, laissèrent entrevoir les projets ambitieux et intéressés de ce Calonne qui les faisoit mouvoir. Leur conduite déplut aux trois ordres, qui les congédièrent, et leur fit succéder les états-généraux ; Calonne suivi la fortune de ses créatures, et fut remplacé pa Brienne, archevêque de Sens.

Air : *Des trembleurs.*

Sous les titres de notables,
Des manequins pitoyables,
Que Calonne par des câbles

Faisaient mouvoir à propos ;
Embrouilloient tant notre affaire,
Qu'ils se firent, pour salaire,
Donner du pied au derrière,
Par les états-généraux.

Air : *Du menuet d'Exaudet.*

Les états,
Sans débats
Se convoquent ;
Mais c'est pour délibérer.
Que nos gens à cahier,
Au combat se provoquent ;
De titrés,
De crossés,
La Cohorte,
Voudroit que le tiers-état
Se tut ou qu'il gagnât
La porte :
Chaque commune indignée,
Prétendit qu'une assemblée
Se forma,
Et somma
De s'y rendre ;
Cette ruse au tribuchet
Fit prendre qui croyoit
Nous prendre.

L'Assemblée Constituante.

CHAPITRE III.

Vainement les communes invitèrent les deux ordres à se réunir à elles, pour voter en commun ; lassées de tant de longueurs, elles se constituèrent en assemblée nationale, le 17 juin 1790. Les états-généraux eurent le sort des notables, et n'avoient pas mieux remplis le but de leur mission : les privilégiés laissèrent entrevoir quelques-tems le desir de se rendre aux vœux de la nation, mais on découvrit la ruse, on agit en conséquence, et l'on déjoua les efforts continuels que la cour faisoient pour prolonger l'asservissement des communes.

Air : A la façon de barbari.

Le clergé voulut cette fois
Nous dorer la pillule ;
La cour ne pouvant de ses doigts
Esquiver la férule ;
Souffla dedans, changea de ton,
La faridon daine, la faridon don,
Et pour le peuple s'adoucit
Biribi
A la façon de barbari,
Mon ami.

CHAPITRE IV.

Pour opérer plus efficacement la dissolution de l'assemblée, on fit fermer les portes de la salle, sous prétexte d'y faire des préparations indispensables pour la réception du ci-devant roi ; les députés frémissans d'indignation, se rendirent à ce jeu de paulme, célèbre dans nos fastes depuis cet incident, et jurèrent de rester unis jusqu'à ce que la force des bayonnettes les en vint arracher : Voilà ce que répondit le trop fameux Mirabeau, dans une circonstance peu éloignée de cette époque.

Air : *Aprochez-vous honorable assistence.*

Quoique toujours honnis par la cabale,
Nos députés déjouant ses ressorts,
Ne veulent pas déguerpir de la salle,
Mais porte close, il faut gîter déhors ;
Un jeu de paulme
Sans tours n'y dôme,
Devient un temple où Mirabeau tonna.

Air : *Il étoit un petit homme.*

Serment du jeu de paulme,
La France t'entendit,
Et Bailly,
Cet habile astronome,

Un jour s'en repentit,
Carabi,
To, to, carabo, marchand d'almanach;
Grand maire de Paris,
Te falloit-il (bis) mourir.

CHAPITRE V.

LA cour allarmée des opérations de cette assemblée, fit avancer des troupes étrangères sur la Capitale, un mouvement préparé dans le fauxbourg Saint Antoine, en parut la cause, et n'en fut que le prétexte : ces troupes se tinrent à Grenelle, et ne dissimuloient pas qu'elles n'étoient-là que pour favoriser des projets hostiles ; leur aspect farouche, et l'insolence de leurs chefs, répandirent la terreur dans l'ame du citoyen paisible, qui se crut menacé d'une invasion prochaine.

CHAPITRE VI.

Les Gardes-Françaises entièrement dévoués au parti populaire, parmi lequel ils comptoient des parens et des amis, se chargèrent de sa querelle, et firent plusieurs sorties sur ces Allemands, qui ne s'en trouvèrent pas bien ; plusieurs des leurs mordirent la poussière, et d'autres se déclarèrent [illegible] amis.

Air : ***Dans les Gardes-Françaises.***

Par les Gardes Françaises,
Ils furent visités
Complimens et fadaises
Ne furent débités,

Car des gens de Nivelle ;
Plusieurs furent, dit-on,
Députés de Grenelle
Vers le seigneur Pluton.

CHAPITRE VII.

NECKER, grand calculateur, Génevois de nation, homme à projet, et craint de la cour vers laquelle il penchoit, avoit tellement surpris la confiance du peuple, qui le regardoit comme le génie tutélaire de la France, que son buste et celui de l'infâme d'Orléans furent promenés dans les rues de Paris ; ce crédit puissant et cette espèce d'idolâtrie vers laquelle se portoit le peuple à son égard, acheva de le perdre à la cour, qui lui intima l'ordre de sortir de France sous vingt - quatre heures.

Air : *Je connois un amant discret.*

Necker fit naître parmi nous
Les regrets et l'envie,
Mais desirant le bien de tous,
Sa tâche fut remplie;
De ses calculs mystérieux,
Résultat patriote,
Il laisse abandonnant ces lieux
Le Français sans-culotte. (*Bis.*)

CHAPITRE VIII.

LAMBESC, homme féroce et familiarisé avec l'esclavage de ses soldats, osa dire en cour, que l'insurrection Parisienne ressembloit à la Brabançonne, et qu'on devoit la traiter de même, ce mot le rendit l'objet de l'exécration publique. Ce qui mit le comble à la haine qu'on lui vouoit alors, ce fut son entrée aux Tuileries, où sa présence surprit et effraya les femmes et les enfans qui s'y trouvoient ; les huées le précédèrent et le suivirent, dans cette circonstance, époque de la perte de ses pareils, il blessa un vieillard qui se retiroit ; lâcheté dont il chercha depuis à se disculper.

Air : *Le petit mot.*

Lambesc dit qu'au peuple mutin,
A qui la raison parle envain,
Il faut couper les vivres,
Martel en tête, et sabre au poingt,
Lui-même aux Tuileries s'en vint
Suivi de hu,
De force hu,
Suivi de hussards yvres,

CHAPITRE IX.

LA fermentation agitoit tous les esprits, on s'assembla au Palais-Royal, où des orateurs montés sur des tables et des bancs, peignirent sous des couleurs vraies, et énergiqnes, les mauvaises dispositions de la cour à notre égard; il firent appréhender aux groupes inquiets des hostilités de la part des troupes qui infestoient Paris. Ce qui surprendra le spectateur attentif à ces sortes d'événemens, c'est que dans le réceptacle des vices, dans ce palais souillé par la présence du plus vil des hommes, se posèrent les fondemens de notre Révolution, la gloire de la

France, et l'effroi de ceux qui tenteroient de la subjuguer.

Air : *De la Soirée Orageuse.*

Par fois le marbre des tombeaux,
Offre un azile salutaire,
Le tout-puissant fit du cahos,
Emaner l'ordre et la lumière,
Sur les débris d'affreux cachots,
Notre liberté prit naissance ;
C'est dans le séjour des ribaux,
Que se régénéra la France.

CHAPITRE X.

LES têtes se montoient en raison de l'agitation des esprits, on se préparoit à détourner les traits lancés sur nous par une action d'éclat, il falloit opposer la foudre à la foudre, et pour s'armer on courut aux Invalides, ou quarante mille fusils passèrent en des mains pour lesquelles ils n'étoient sûrement pas destinés ; les soldats et le commandant de cette maison n'y portèrent aucun obstacle, exemple qui devoit être suivie, mais qu'une obstination bien punissable rendit sans effet.

Air : *Des folies d'Espagnes.*

On crie, on court, on ferme les boutiques
L'outil échappe aux mains des artisans,
Pour les armer, il court sous ses portiques,
Où l'honneur gît dans des corps impotens.

CHAPITRE XI.

ON dirigea ses pas vers la Bastille, qui se prépara pour une défense opiniâtre ; on traînoit des canons le long des quais, et la foule augmentoit à chaque pas ; des femmes même et des enfans, oubliant la foiblesse, apanage de leur sexe et de leur âge, se portoient en foule vers cet horrible donjon.

Air : *Du pas-de-charge.*

Le feu de l'insurrection,
Dans les regards pétille ;
Les cris vive la nation,
Ménacent la Bastille ;
Vainement cet affreux cachot ;
Flanqué de tours énormes ;
Veut sontenir pont-levis haut
Un siège dans les formes.

CHAPITRE XII.

Cette forteresse imprenable par sa construction, fut enlevée d'assaut après deux heures de siége ; l'adresse eut à cette prise autant de part que le courage qui

qui s'y montroit extrême : voyant que le boulet ne pouvoit faire brêche, et que le feu ennemi s'opposoit à l'escalade, on mit le feu à des voitures chargées de matières promptes à s'enflammer ; la fumée qui résulta de cet incendie, interposée entre les assiégés et les assiégeans, empêchèrent les premiers de diriger leurs coups, pendant ce tems, quelques braves citadins, parmi lesquels se trouvoient des Gardes-Françaises, surent atteindre la chaîne d'un des ponts-levis, la coupèrent, et par la chûte du pont, procurèrent à la foule empressée, les moyens de pénétrer sans danger dans les cours, où plusieurs de nos frères étoient emprisonnés par la trahison de Delaunay.

Même air.

La mort par cent bouches d'airain ;
Annonce sa présence,
Mais la camuse, plane envain,
Sur ce peuple en défense ;
Et pour dérober nos projets,
A la place assiégée,
Nous n'opposâmes aux boulets ;
Qu'une épaise fumée,

Air : *En rli, rlan.*

Sur une chaîne avec courage ;
Harné s'elance ; elle se rompt ;
Pour livrer un plus sûr passage ;
Tombe ce formidable pont ;
On entre, on brise, on fait tapage ;
Sabres en l'air, drapeaux au vent,
Rli, rlan
Dans les cours la foule s'engage,
Pas-de-charge, et tambour battant

CHAPITRE XIII.

NOTRE premier soin, fut de pénétrer dans ces cachots, où gémissoient les malheureuses victimes désignées par l'erreur, et courbé sous le sceptre du pouvoir arbitraire. Notre apparition qu'ils ne savoient à quoi attribuer, fut d'abord regardé par quelques-uns de ces malheureux comme un songe; leurs yeux depuis long-tems fermés à la lumière paroissoient n'oser s'ouvrir sur les nouveaux objets dont ils étoient environnés; on brisa leurs chaînes, et le plus tendre soin les suivit jusques dans les bras de leurs familles, qui depuis long-tems croyoit devoir par des pleurs honorer leurs trépas.

Air : *Une lumière vive et pure.*

Les rayons du jour éclaircissent,
Cet antre horrible et détesté,
Où les tyrans ensevelissent
Leurs craintes et la vérité,

Chaque victime voit sa chaîne,
Tomber de ses débiles mains,
Elle s'étonne, et croit à peine (*bis.*)
Au changement de ses destins. (*bis.*)

CHAPITRE XIV

Ce château fort, bâti sous Charles V, en 1369, fut achevé l'an 1383. Hugues Aubriot, prévôt-des-marchands, natif de Dijon, en posa la première pierre, et y fut le premier renfermé.

On fit sortir la garnison composée d'Invalides, qui furent conduits à la Grêve, pour être immolés à la juste vengeance du Peuple; mais les Gardes-Fraiçaises demandèrent et obtinrent leur grace. Delaunay, Gouverneur de la Bastille, fut mis en pièces, et sa tête promenée dans les rues de Paris. Ce spectacle s'offrit plusieurs fois à nos regards, et fit trembler ceux, qui par des sortes de vexations, avoient quelquesfois encouru la haine de leurs compatriotes.

Air : *Des pendus.*

De cette infâme garnison,
Le peuple demande raison,
Mais toi, braves soldats aux gardes,
En grand pitié tu la regarde;
Chaque invalide fut baisé,
Et Delaunay fut exhaussé.

CHAPITRE XV.

La nouvelle de cette importante prise, se répandit bientôt à Versailles; la consternation y succéda aux orgies, dont nous aurons occasion de parler dans la suite de cet Ouvrage; les grands raisonneurs parurent en douter quelques-tems, mais l'évidence vint dérouter leur tactique, qu'ils réservèrent pour des opérations ordinaires et plus à leur portée.

Air : *Ah ! Monseigneur.*

L'annonce d'un exploit si beau ;
Vole vers le roi Soliveau,
Sa cour en gémit, elle veut
Faire pour écouter s'il pleut,
Passer un fait, qui mit à mal,
L'indigeste almanach royal.

Air : *De tous les Capucins du monde*.

A ce bruit-là, Capet s'eveille,
S'arme au hasard d'uue bouteille,
D'un trait lui fait sauter le pas ;
Vers ce Paris qui la tracasse,
Sa majesté seule, en ce cas,
Veut bien s'y transporter en masse.

CHAPITRE XVI.

LE roi vint à Paris, descendit à l'Hôtel-de-Ville, prit la cocarde des mains du maire et dit d'une voix très-émue, (Mon peuple peut toujours compter sur moi.) Aussitôt des cris d'allégresse se firent entendre de toutes parts, et succédèrent au silence très-expressif qui régnoit avant cette scène.

Air : *Ah ! comme il ment.*

Quand son peuple entier le regarde,
Que du maire, il prend la cocarde,
De nous aider, il fait serment ;
Ah ! comme il ment,
Ah ! comme il ment,
De ses grands, la flatteuse adresse ;
Contre nous arme sa foiblesse,
Eh ! qu'ont-ils embrassé ! du vent.

CHAPITRE XVII.

D'ARTOIS, Condé, Broglie et autres ayant appris ce qui se passoit à Paris, quittèrent la

France chargés de l'indignation générale, et des débris du trésor public.

Air : *Il tant souviendras.*

D'Artois, Condé, Valets, amis,
Ont sur cette entrefaite,
Des trésorts pillant les débris,
Sut gorger leur cassette,
Et par forme d'avis,
Ils ont pris
La poudre d'escampette.

CHAPITRE XVIII.

LA nuit du quatre au cinq Août, est l'époque de l'anéantissement des préjugés de naissance et autres abus, qui depuis des siècles ont obscurci le mérite réel dépouillé des hochets de la vanité. Cette séance mémorable produisît ce décret terrible d'abolition de tous les priviléges et droits abusifs. En suivant cette marche impétueuse, mais nécessaire dans la régénération d'un grand peuple, l'assemblée constituante se fut acquise une gloire ineffaçable ; mais cet esprit monarchique qui la dominoit, la perdit, et l'exposa aux reproches de la France entière, qui rejetât sa Constitution de 1791, et anulla une grande partie de ses décrets.

Air : *C'est mon cousin lalure.*

Pour conserver ses vieux parchemins,
Que le sage méprise,
Noblesse, tes efforts seront vains,
Contre un décret se brise
Tes dédains,
Car nous sommes, quoiqu'on dise,
Tous cousins,
Par la naissance ou la sotise.

CHAPITRE XIX.

Il s'éléve une grande discussion sur l'influence que le roi auroit dans la coufection des loix ; enfin le droit de *veto* lui fut accordé.

Air : *L'Amour est un enfant trompeur.*

On voyoit aller à vau-l'eau
Un décret juste et sage,
Que l'inpitoyable *veto*
Saisissoit an pasage ;
Par le moyen rare et nouveau,
Entre l'enclume et le marteau,
Se mit l'aréopage.

CHAPITRE XX.

On voulu établir deux chambres, à l'instar de celles d'Angleterre, quelques voix s'élévèrent en faveur de ce projet, on en sentit les inconvéniens, et cette entreprise échoua.

Air : *Nous sommes precepteurs.*

Pour diviser nos intérets,
La double chambre est projetée ;
Pour travailler à communs frais,
En bas la cloison fut jetée.

CHAPITRE XXI.

On apprit qu'à Versailles, dans un repas donné par les gardes-du-corps, aux officiers de Flandres et de Lorraine, la cocarde tricolore fut insultée, que l'air fameux, *ô Richard, ô mon roi*, fut chanté dans des intentions liberticides ; cette démarche attentatoire à la souveraineté du peuple, l'indigna contre les auteurs d'un pareil scandale ; d'Orleans à l'affut des crises qui pourroit, en perdant son cousin, le conduire au trône qu'il convoitoit depuis long-tems, propagea lui-même ce bruit, et en accéléra l'effet.

Air : *Or, dites-nous Marie.*

La renommée agile,
Publie à haute voix,
Que dans certain asyle,
On outrage les Lois :
Par châtiment sévère,
Le fait doit être expié,
Et d'Orléans espère,
En tirer aîle ou pied.

CHAPITRE

CHAPITRE XXII.

Le peuple se porta en foule à Versailles pour y chercher les auteurs d'un pareil attentat, et faire tomber leurs têtes sous le glaive des loix, mais comme l'yvraie se mêle toujours au bon grain, et en détruit le germe ; ainsi Philippe, Mirabeau et compagnie, firent déguiser en femme des coupes-jarets, dignes soutiens de leurs prétentions ; ces amazones, en très-grande quantité, se mêlèrent aux citoyennes des halles, et cherchèrent vainement à provoquer le désordre, en semant l'or à pleines mains.

Air : *De la reprise des Folies.*

Vers cet endroit où l'honneur et le zèle
A flots pressés dirigeoient les fauxbourgs ;
Fut pour venger Philippe et sa séquelle
Plus d'un thersite en robes et jupon courts.

CHAPITRE XXIII.

LE peuple somma Louis de se rendre à Paris, il hésita quelques-tems, mais de nouveaux cris lui firent comprendre que n'étant rien que par le peuple, il devoit se soumettre à celui par qui lui fut dévolu l'autorité suprême. Il obéit enfin, et cette démarche contraire aux vœux de son cousin, qui n'en dissimula pas son mécontentement, prévint ce qui auroit pû résulter d'une plus longue résistance.

Air : *Qu'en voulez-vous dire.*

Le peuple prétend que Louis
A quitter Versailles s'apprête,
Le bon sire en paroît surpris,
Et pour réponse hoche la tête ;
Requête énergique, dit-on,
Sut l'y contraindre sans façon,
Il partit, et fit bien je crois,
Que pouvoit-il dire, (bis.)
Sous le chaume au Louvre d'un roi,
Nécessité fait toujours loi.

CHAPITRE XXIV.

On ne cessoit de réclamer contre les actions de Louis Capet, en les regardant comme nulles, par l'état de contrainte ou les émigrés s'étoient gratuitement plû à le représenter ; ces bruits qui durent être détruits le 14 février 1790, jour auquel

Louis vint protester de son entière liberté, augmentèrent encore par cette démarche, qui, d'après leurs principes, étoit un nouvel indice d'oppression.

Air : *La jeune Iris.*

De son état Louis vante les charmes,
Ou n'en tient compte, on murmure hautement,
On le compare au bambin en allarme,
Qui du fouet craint l'aspect menaçant.

CHAPITRE XXV.

Le 14 juillet fut indiqué pour la fédération générale; les députés de tous les départemens, de tous les corps civils et militaires, se rendirent à Paris quelques jours avant cette époque, ce qui rendit Paris pendant quinze jours au moins, le spectacle le plus imposant et le plus varié ; une même ame sembloit animer cette multitude infinie de citoyens de tout âge et de tous cantons; enfin ce jour tant desiré arriva ; un orage continuel n'en rendit pas la célébration moins imposante, l'exhaltation de tous les esprits rendoit le corps insensible à l'intempérie de la saison. Au Champ-de-Mars se prêta le serment le plus solemnel. Depuis, par des dispositions contraires, on proscrivit toute espèce de fédération, et le fédéralisme provoqua le même châtiment, que l'aristocratie la plus invétérée et le royalisme le plus ardent.

Air : *V'la c'què c'est qu'aller au bois.*

Jour pris, rendez-vous assigné,
Et par nos travaux désigné,
L'oeil surpris

Voyoit tout Paris
Se mettre en dépense,
Pour loger la France,
Qui s'ébranloit pour ce serment,
Que depuis emporta le vent.

Air : *Je brûle de voir ce château.*

L'aurore d'un tems orageux,
Couvroit son oriflamme,
Son éclat fut moins vîte aux yeux,
Que la joie à notre ame,
Des torrens s'échappoient du ciel, (bis.)
Mais dans un jour si solemnel,
Que l'éclair brille, que Jupin gronde, (bis.)
Il fait le plus beau tems du monde. (bis.)

CHAPITRE XXVI.

Les chevaliers, dits du poignard, firent de vaines tentatives pour enlever le roi et sa famille; ils furent surpris à propos. Dès cet instant toutes les conversations étoient tournées sur son prochain départ pour Metz, celui de ses tantes en parut le prélude ; les plaisans disoient lors du déménagement de ces vieilles et pieuses dames, qu'elles aimoient mieux prendre les devants, que de s'exposer aux propos équivoques, suite d'un rapt forcé.

Air : *Des Visitandines, ah ! d'aignez m'épargner le reste.*

Pour travailler à son salut,
Chaque royale octogénaire,
Délogéa prudemment, et fut
Demander retraite au saint-père,
Et d'une claustrale fureur
Accuser le Français dans Rome,
Sur ce qu'aux brebis du Seigneur, (bis.)
Il fait priser le droit de l'homme. (bis.)

CHAPITRE XXVII.

On exigea des prêtres, curés et vicaires, le serment d'être fidèle aux loix de l'état constitutionnel, ou sur leur réfus, d'être privés du droit d'officier; beaucoup préférèrent ce qu'ils appeloient leur salut, à des avantages temporels ; d'autres promirent tout ce qu'on desira, mais depuis ajoutant la perfidie à la désobéissance, ils encoururent la vengeance nationale qui leur fit partager le sort des premiers.

Air : *Ou courez-vous M. l'Abbé.*

Le prêtre contraint par la loi ,
De jurer ou se tenir coi ,
Se tait et se retire ,
Ou bien ,

Il parle sans rien dire ;
Vous m'entendez bien.

Celui qui son serment prêta ;
Et celui qui s'y refusa,
Pour aller dans la lune,
Eh bien,
Font charette commune ;
Vous m'entendez bien.

CHAPITRE XXVIII.

LA nuit du 20 au 21 juin 1791, Capet suivi de sa famille trouva le moyen de s'évader du château des Tuileries, prit la route de Montmédi, et son frére celle de Mons.

Air : *Sur un sopha.*

En berlingot,
Capet et les siens monte, et tôt ;
D'Argus en défaut,
Il s'éloigne, et tel qu'un dard
Part.

Air : *Ou s'en vont ces gais bergers.*

Ecuyers, et palefroi,
Point n'étoient sur la route,
Mais bien le trouble et l'effroi
Escortoient cette troupe,
Qui n'aguères au Français fit loi,
Et qui d'eux la redoute.

CHAPITRE XXIX.

Ils voyageoient sous des noms supposés, Louis passoit pour le valet-de-chambre d'Antoinette, qui se faisoit appeler la baronne de Koffs, princesse d'Allemagne; Provence arriva sans accident à Mons, lieu de sa destination, mais le roi, sa femme, sa sœur et ses deux enfans, furent arrêtés à Varennes, le 22 juin; ils furent reconnu par un citoyen qui les avoient remarqué lors de la fédération, et ramenés à Paris, où l'accueil qu'ils reçurent indiquoit les dispositions du peuple à leur égard.

Air : *Du Fort-Mahon.*

Vers les confins de France,
Ils avançoient tous en diligence,
Outre-passe Provence,
Mais la reine et Louis
Sont repris,
Et conduits
A Paris.

Air : *La plus belle promenade.*

Une belle promenade,
C'est de Paris à Saint-Cloud,
Mais cette longue escapade,
Est voyage pour le coup,
Aux fugitifs, sombres mines,
S'expliquèrent sans détour,
Et pour cette fois matines
Valut mieux que le retour.

CHAPITRE XXX.

Le 17 juillet un nombre infini de citoyens s'étant rassemblés au Champ-de-Mars, pour signer une pétition tendante à l'abolition de la royauté. Le parti de la cour en fut vivement allarmé, un assassinat commis à l'endroit ou se faisoit le rassemblement, servit sa vengeance; Bailly, maire de Paris, et Lafayette, commandant en chef de la force armée, s'y transportèrent, sous prétexte d'y rétablir l'ordre; le drapeau rouge les accompagnoit; le premier publia la loi martiale, et le second, sans donner aux citoyens le tems de se retirer, commanda de faire feu, on obéit lâchement à cet ordre inhumain ; un grand nombre de personnes furent victimes de leur zèle ou d'une curiosité bien excusable sans doute.

Air : *Lise demande son portrait.*

Décrivant du dix-sept juillet
L'accident mémorable,
Il faut vous rendre trait pour trait
Ceux du premier coupable ;
Peignant le moral du coursier
Du souple Lafayette,
J'offre du seigneur cavalier
Ressemblance parfaite.

Air : *Un mouvement de curiosité.*

Un cheval blanc d'agréable encolure,
Pour la maraude au continent (1) dressé ;
En bataillon faisant piètre figure,
Dans les haras, (2) admis et méprisé,
Dieu du manège (3) ou grace à son allure ;
Il fut tantôt craint, tantôt carressé.

---

(1) L'Amérique, où il commandoit un régiment d'hussards.

(2) A la cour.

(3) L'assemblée constituante.

Air : *Au coin du feu.*

D'une voix unanime,
Chacun proscrit le crime
Au Champ-de-Mars,
Que le despote tremble,
La foule se rassemble
Au Champ-de-Mars. (Bis 3 fois.)

Air : *Non, la fortune jalouse.*

Un mot, un signal terrible,
D'un guerrier, d'un magistrat,
Firent aux groupes paisibles
Pressentir un attentat,
On gémit, on se disperse,
On précipite ses pas,
Mais le plomb siffle et renverse
Ceux que le fer n'atteint pas.

CHAPITRE XXXI.

L'ASSEMBLÉE constituante fatiguée de la lutte que les différens partis élevoient dans son sein, et des efforts qu'elle faisoit pour soutenir un trône prêt à s'écrouler, sous un colosse impuissant; n'ayant point assez d'énergie pour entreprendre ce que nous avons si glorieusement terminé, ne crut pouvoir mieux faire que de remettre entre des mains plus sûres le gouvernement d'un état menacé par la tempête, et qu'une manœuvre adroite et vigoureuse conduisoit au port. Elle tint sa dernière séance le 30 sepembre 1791, dans laquelle, après avoir revisé sa constitution, elle décréta qu'on ne pourroit y retoucher qu'après plusieurs législatures révolues.

Cette assemblée où le génie et les talens oratoires brilloient de toutes parts, ne put, quelque gloire que rejaillit sur elle du décret porté contre les privilégiés, faire excuser sa propension vers le gouvernement monarchique, le *veto* qu'elle accordoit à Louis, et sur-tout cette liste civile dont le crime percevoit les revenus.

Air : *Qu'en pensez-vous, quand je vous vois sourire.*

Après séance et décret inutile ;
Fut déserté
L'azyle respecté,
Où brilloit sans clarté ;
Un sénat trop docile,
Qui d'esprit incertain,
Et de la même main,
Signa nos droits et la liste civile ;

L'Assemblée Législative.

CHAPITRE XXXII.

LA première séance s'ouvrit le premier septembre. Le président prêta sur la constitution le serment de la maintenir de tout son pouvoir : des remerciemens furent votés à l'assemblée constituante. Cette assemblée n'eut pas l'éclat de la précédante, mais elle n'en jeta pas moins les fondemens de notre République, sans pourtant y mettre la dernière main ; le Français ne fut décidément républicain, que dans les premiers jours de septembre.

Air : *La comédie est un miroir.*

Un batant s'ouvre, et sans façon
Entre dame Législative,
Qui s'engage par un juron,
De choyer sa fille adoptive;
Et par un doux remerciement,
Aux mânes de constituante,
Cette héritière, galamment,
Honore un trépas qui l'enchante.

CHAPITRE XXXIII.

DANS l'assemblée précédente, le cérémonial observé lors de l'arrivé de Capet et de sa famille, offroit un aspect humiliant pour la majesté du peuple que ce sénat représentoit; celle-ci résolut d'abolir une coutume aussi absurde que gênante pour les délibérations; Couthon fit décréter un mode de réception qui se pratiqua jusqu'à la chûte entière du trône et de celui qui le déshonoroit.

Air : De la croisée.

L'ingambe et sémillant Couthon,
Homme divin pour l'étiquette ;
Du cérémonial, dit-on,
Se créa lui-même interprête :
Louis sur Couthon n'eut le pas,
que pour la place et chaque entrée ;
Tous deux ne sortirent-ils pas
Par la même croisée.

CHAPITRE XXXIV.

SACHANT qu'une conjuration éclattoit a Pilniz, et se défiant des ministres qui paroissoient pencher vers une cour, de laquelle ils esperoient tout obtenir ; l'assemblée leur intima l'ordre de rendre compte sous peu de tems de l'état de leur département respectif : beaucoup n'en tinrent compte, d'autres en apparence plus soumis, présentèrent un tableau si peu vrai, que le silence des premiers étoient plus excusable et moins dangereux ; le ministre de la guerre, sur-tout, réduisoit à un très-petit nombre celui des officiers émigrés, tandis que le nombre effectif montoit à mille neuf cent trente-deux.

Air : *Lucas disoit à Lise un jour.*

De nos craintes, de notre espoir,
Le sénat prétend qu'on l'instruise,
Il semble qu'il n'ait qu'à vouloir
Pour qu'on s'explique avec franchise ;
Mais de chaque agent,
Qui se tait ou ment,
Il n'en saura rien quoiqu'il dise. (Bis.)

CHAPITRE XXXV.

DESIRANT dans des circonstances aussi impérieuses que nouvelles pour nous, desirant, dis-je, imprimer à notre gouvernement une forme plus favorable pour nos intérêts et pour nos liaisons avec les peuples de l'Europe, nous nous plûmes à déférer à leurs avis; l'Anglais, sur-tout, dont la politique nous parut plus saine et plus conforme au mode que nous voulions adopter, fut celui sur lequel se reposoit notre espérance. Le Français, presque toujours victime de sa confiance, oublia ses sujets de haine contre ce pirate, lui voua une telle amitié, que ses modes devinrent les nôtres, leurs cheveux courts, leurs redingottes à larges tailles, remplacèrent notre juste-au-cosps et l'élégance de notre coëffure; on ne tarda pas à se repentir de les avoir écouté; ils s'immiscèrent dans nos opérations, les entravèrent, et souvent les tournèrent contre nous-mêmes.

Air: *Le démon malicieux et fin.*

Le Français malicieux et fin,
Cette fois ne fut pas trop malin;
Sachant que l'Anglais, cet insulaire,
En politique se connoit un peu,
Le prioit d'apporter la lumière,
Il obéit, mais pour mettre le feu.

CHAPITRE XXXVI.

LA foule des émigrés augmentoit à chaque instant ; ils alloient mendier des secours contre nous, et croyoient que l'Europe entière devoit s'armer pour la défense de leurs priviléges et le maintien de leurs plaisirs. La présomption leur faisoit envisager ce contre-tems qui les perdit, comme un léger nuage qu'ils dissiperoient facilement ; ils ne cessoient de nous menacer.... de loin : Paris ne devoit plus offrir qu'un monceau de cendre ; telles étoient leurs expressions.

Air : *Va-t-en voir s'ils viennent, Jean.*

Le transfuge Paladin,
Entr'autres merveilles,

Nous veut d'au-delà du Rhin
Couper les oreilles ;
Son bras est à craindre,
Jean,
S'il peut nous atteindre.

De tous, et d'airs suffisans,
Quoiqu'en Allemagne,
Ils sont les mauvais marchands ;
Et chaque campagne,
Le sont davantage,
Jean,
Faute de courage.

CHAPITRE XXXVII.

Un décret vigoureux leur porta le dernier coup ; il confisque leurs biens, les déclara suspects de conjuration, s'ils sont encore rassemblés le premier janvier 1792. Le décret s'étendit jusqu'aux princes qui seront coupables d'attentat contre la nation.

Air :

Air : *Des dettes.*

Dîmes, corvées et revenus
Pour ces messieurs êtes perdus ;
C'est ce qui les désole : (bis.)
Bijoux de prix, meuble d'éclat,
Serviront au bien de l'état,
C'est ce qui nous console.

Hôtels, jardins délicieux,
Nuls pour le coeur, tous pour les yeux,
Vous deviendrez utiles : (bis.)
Sous de laborieuses mains,
Vous êtes graces à nos soins,
Greniers ou champs fertiles. (bis.)

CHAPITRE XXXVIII.

Ce qui mit le comble à la fureur de certaines gens, fut le mariage des prêtres qu'ils croyoient seuls capables de provoquer la dissolution de tous les mondes possibles ; ce qui pouvoit en arriver de moins affreux, étoit la naissance de l'anthechrist : celui qui ne se faisoit aucun scruptule de porter le trouble et le déshonneur dans les ménages, craignoit l'éclat de la foudre, s'il suivoit l'impulsion de son cœur, en prenant une épouse jeune et sensible sous la sanction des loix, et d'après le vœu de la nature; plusieurs n'opposèrent aux clameurs de ces hypocrites, que l'aspect d'une union agréable et fécondeé.

Air : *Ciel l'Univers va-t-il, etc.*

Un prêtre, ô ciel ! penser au mariage,
Disoit un casuite en se signant ;
Contre un si cruel outrage,
Cieux, tonnez et faites rage,
Et punissez un tel engagement ;
Familier de Goa (1),

(1) Ville du Mexique ou l'inquisition est terrible.

Par Dominique,
Que ce trait pique,
A ma supplique rôtis ces gens-là.

Air : *Jeunes amans, cueillez des fleurs.*

A l'hypocrite, à l'ignorant,
On vit un pasteur plein de zèle,
Répondre, du doigt désignant
Sa compagne sensible et belle,
» Le ciel en me donnant un cœur,
» M'en prescrivit le doux usage;
» Et j'adore le créateur
» Dans son plus séduisant ouvrage ».

CHAPITRE XXXIX.

UN homme étonnant par la faveur populaire dont il jouissoit, fut le nommé Pétion, ci-devant avocat à Chartres, sa patrie. Cet individu joignoit à des dehors agréables, l'ame la plus astucieuse et la plus féroce, mais il en dissimuloit tellement la noirceur, que le peuple identifia sa fortune à la sienne ; l'abaissement de Capet donnoit plus d'éclat à son triomphe dans les circonstances où le hasard les réunissoit ; les cris de vive Pétion vibroient à l'oreille de l'un et de l'autre d'une manière bien différente ; on n'étoit point surpris d'entendre avancer cette terrible proposition, Pétion ou la mort, sur-tout à une certaine époque où monsieur l'avocat de Chartres s'avisa de bouder la France quelques jours, et de se démettre d'une place qu'il n'eut jamais dû occuper.

Air : *Tous les bourgeois de Chartres*

Chez l'agent Bosseronne ;
On bailloit l'écoutant,

Dans les lieux qu'il étonne ;
On baille en l'admirant ;
Ah ! combien différoit
Ce maire qu'on renomme,
Hors les cliens qu'il ruinoit,
Tout dans Chartres il endormoit ;
A Paris il assomme.

CHAPITRE XL.

POUR juger les criminels de lèze-nation, l'assemblée institua une haute-cour nationale, le 21 novembre, elle se tint à Orléans. Cette précaution devint inutile par la lenteur des opérations de ce tribunal : qui le croiroit ? Dans l'asyle des remords et de la crainte, sous l'œil des loix, le luxe des tables, la dissipation des cotteries faisoient diversion aux importun tes matières qui devoient s'y traiter. Il régna pendant le séjour des criminels un tel concours de personnes du dehors, que la nuit la responsabilité des gardiens avoient peine à le faire cesser.

Air : *On dit jadis qu'un grand prophète.*

Là si Thémis offre un dédale,
La joie en charme les détours ;
Elle-même un peu moins vestale,
Y chante les ris, les amours :
Souvent un messager agile,
Pourvu de quelque mission,
Cherchant la prison dans la ville,
Crut la ville dans la prison.

CHAPITRE XLI.

LE prétexte de la guerre dont nous étions menacé, venoit en partie des réclamations que faisoient quelques petits princes

Allemands, qui avoient des possessions en Alsace ; envain on leur offrit des indemnités pécuniaires pour la cessation de leurs droits sur cette contrée de la France ; ils les refusèrent hautement, alléguant pour raison qu'un droit de souveraineté ne peut être racheté, parce que de sa nature il est inaliénable ; ce misérable sophisme alloit entraîner toute l'Allemagne contre un peuple jaloux de ses droits, et qui ne veut attenter sur ceux de personne ; mais d'autres causes plus importantes que celle-là, nous mit peu de tems après les armes à la main, et ces tyranneaux furent les premiers dupes de leurs tenacités.

Air : *De l'allemande de Nicolas, connu par ces paroles, non, tu ne l'mettras pas, Nicolas.*

Quand je vois un baron,
Fanfaron,
Tapi dans un donjon ;
Qu'envers la nation,
Il veut trancher du plat
Potentat,
Je dis, avec raison,
Qu'il mérite le bât :
On voit cet ignorant,
Tout puissant,
Dans un cercle allemand ;
Au chapitre il a voix,
Je le crois,
Mais parbleu, cette fois,
Sur ses possessions,
Vainement il criera,
Et déjà
Sonnent les violons
Du bal qu'il ouvrira.

CHAPITRE XLII.

TOUT se passoit en préparatif d'hostilité de part et d'autre, Luckner, Rochambeau et Lafayette, commandoient nos armées; Clavières étoit ministre des finances, Roland de l'intérieur, et Dumourier des affaires étrangères; ce dernier communiqua le 29 mars la réponse du roi de Hongrie, à la note qui avoit été remise à Léopold, cette notte le pressoit de s'expliquer sur les causes des armemens qui se faisoient sur nos frontières, et en cas de refus, la guerre devoit lui être déclarée au premier mars.

Enfin, le 20 avril, Louis XVI, accompagné de ses ministres,

vint avouer qu'il n'étoit plus possible de se dissimuler les outrages que la nation recevoit de la maison d'Autriche, qu'il falloit déclarer formellement la guerre au roi de Hongrie et de Boheme, la voûte de la salle retentit d'applaudissemens, et sur les huit heures onze minutes du soir, la guerre fut déclarée.

Air : *Vous qui d'amoureuse aventure.*

Dans notre sénat enfin tonne,
Ce décret, signal des combats ;
Aussitôt la trompette sonne,
Et mille escadrons sont au pas,
Guerrier,
Un laurier
Est le prix que tu te proposes ;
De tout ton sang tu voudrois pouvoir l'arroser ;
Les lauriers ainsi que les roses,
S'embellissent par le danger. (Bis.)

CHAPITRE XLIII.

Dès ce moment Paris figura les forges Vulcain, l'enclume raisonnoit de tous côtés, les ouvriers de luxe trouvèrent chacun dans les différens procédés de leurs arts, les moyens de concourir au bien public, soit pour la vêture ou l'armement de nos frères.

Air : *C'est un sorcier.*

Partout en hâte on se prépare,
Et semble naître sous nos doigts ;
La foudre qui doit au Tenare
En poste conduire les rois ;
La lime sur l'acier fait rage,
Cent bronze coulent à l'instant ;
On entend, pan, pan, pan, pan, pan, pa
mille marteaux faisant tapage.
Dans l'Ethna, près ce feu, dit-on ;
On ne friroit que du goujon,

CHAPITRE XLIV.

L'OUVERTURE de la campagne ne fut pas heureuse, un détachement battu à trois lieues de Tournay, fut obligé de se replier sous Valenciennes; Dillon qui commandoit fut assassiné dans une grange par les fuyards, le camp de Biron fut pillé, deux régimens et les officiers de Berchiny désertèrent. Tous nos plans étoient connus de l'ennemi. Peut-on s'étonner de ces désavantages, quand on saura que Lafayette entroit pour quelque chose dans ces opérations. La chaleur du Français ne se ralentit pas de ces obstacles, plus ils étoient terribles, et plus nous mettions d'ardeur à les surmonter;

ier ; les ennemis de l'intérieur ; plus à craindre que les bandes prussiennes, ne manquèrent pas de nous faire envisager cet échec, comme le présage sinistre de ceux que nous devions éprouver dans la suite ; l'événement justifia le contraire.

Air : *De la Soirée orageuse.*

Par des revers multipliés,
Cette campagne fut ouverte ;
Nos étendards humiliés,
Par-tout signaloient notre perte :
L'honneur dirigeoit nos travaux,
Et le succès fuit comme un ombre ;
La gloire est fidèle aux héros,
Mais la victoire suit le nombre.

Chacun de nous crut en ses mains
Tenir le bonheur de la France,
Nous opposâmes aux destins,
même valeur et patience,
Amis, le bonheur à son tour,
Qu'un revers ne nous décourage ;
On ne sent le prix d'un beau jour,
Qu'après quelques instans d'orage.

CHAPITRE XLV.

Le peuple attentif à remarquer tout ce qui pouvoit compromettre sa sûreté, en altérant ses droits, vit avec peine Louis s'entourer d'une foule nombreuse, formée de militaires pris dans divers régimens, et qui, soit intérêt, soit esprit de corps, paroissoient prêts à lui immoler toute espèce de considération; l'assemblée qui crut devoir lui accorder cette garde, en prévoyant les conséquences, partagea l'inquiétude de ses commettans, et dans une circonstance où l'allarme se répandoit au bruit d'une démarche hostile de la part des Suisses, elle licentia, par un décret, cette cohorte prétorienne, et décréta d'accusation Brissac, qui la commandoit.

Air : *En quatre mot je vais vous conter ça.*

Garde formée, et *ab hoc* et *ab hac*,
Donnée à Louis sans mic mac,
Ah ! quel coup de jarnac !
Pour offuscer la visière
De la gent à bandoulière,
Ils avoient le tac ;
A ces farauds-là, barbe d'Isaac ;
Ne fit passer le lac,
Où Caron frète un bac ;
Mais chacun d'eux reçut son sac ;
Et l'on pinça Brissac.

CHAPITRE XLVI.

APRÈS le licenciement de la garde du roi, les Parisiens furent destinés à veiller autour de lui et de sa famille ; on proposa de faire venir vingt mille fédérés qui assisteroient à l'anniversaire de la fédération, et formeroient un camp sous Paris; ces propositions furent décrétées. La garde parisienne réclama dans deux pétitions favorables à Louis XVI; ces pétitions, dites des huit mille et des vingt mille, abreuvent d'amertume leurs coupables signataires; malgré nombre de représentations à ce sujet, où l'on prétend dissiper les craintes, en vouant à l'oubli cette démarche d'une multitude égarée par les possesseurs de ces listes; le moindre trouble existe-il? Tous les regards sont tourner vers les présumés signataires, et l'effroi devient pour eux un supplice renaissant.

Air : *On compteroit les diamans.*

Tous ces réclamans en émoi,
Dits des huit mille et des vingt mille;
Contre les remords et l'effroi,
Ne peuvent trouver un asyle;
Pour ne laisser aucun repos
Aux mânes de ces signataires,
Des deux pétitions, Minos
Fit tirer un cent d'exemplaires.

CHAPITRE XLVII.

CAPET renvoya les ministres Servant, Clavières, Roland et Dumouriez; cette démarche aigrit les esprits, l'orage menaçoit les Tuileries, il éclata le 20 juin, anniversaire du serment du jeu de paulme : les deux fauxbourgs Marcel et Antoine, descendirent à la Convention; ils y parurent armés de piques, de crocs, de haches, de fusils et de faulx : leur orateur exprima au président, leur horreur pour l'esclavage, et leurs plaintes contre la cour. Non satisfait de cette démarche, ils se portèrent aux Tuileries, enfoncent les portes, et pénétrèrent jusqu'à l'appartement de Louis XVI, qu'ils trouvèrent placé dans l'embrâsure d'une fenêtre, sa tranquillité surpris le peuple, qui lui fit prendre le bonnet rouge, et crier vive la Nation, et se retira paisiblement. Cet exemple d'une telle modération dans un peuple impétueux et offencé, doit clore la bouche à ceux qui prétendent que la seule terreur le retient facilement ; rien ne s'opposoit à ses entreprises;Capet ne pouvoit compter que sur les secours d'une garde peu nombreuse ; mais le cœur du Français est son frein le plus sûr, et celui dont il s'honore davantage.

Air : *Il faut que l'on file, file.*

Dans les airs un cris s'élance,
C'est le peuple furieux,
Que trop long-tems au silence
forçoit un coeur généreux,
A la pièce dont le style,
Long-tems échauffe la bile.
Il prépare un dénouement;
L'intrigue se file, file,
Mais gare le dénouement.

Même air.

Au château des Tuileries
La multitude apparoît,
Innonde les galleries
Jusqu'au séjour de Capet,
Qui sans escorte et tranquille,
A nos voeux paroit docile,
Pour calmer notre courroux ;
Et le peuple en paix défile,
Voyant Capet filer doux.

CHAPITRE XLVIII.

TOUTES les puissances armoient contre nous ; les places, les frontières étoient dégarnies d'hommes et de munitions ; enfin le mal étoit tel que l'on fit sortir le décret qui prononça que la patrie étoit en danger. Tout étoit dans cette situation désespérante, lorsque le peuple, fatigué d'avoir été si souvent le jouet de la cour, et la dupe des ministres choisis par cette même cour, le peuple, dis-je, résolut de remonter à la source du mal, et d'anéantir un pouvoir auquel il devoit ses maux passés et présens, et qui ne lui offroit qu'une perspective désastreuse. Le 10 août il se porta de rechef aux Tuileries, démarche sans doute prévue, puisque la nuit qui précéda ce jour mémorable, Louis XVI s'assura de ceux sur lesquels il pouvoit compter, notamment des Suisses auxquels les présens et les promesses les plus séduisantes firent tout promettre. Dès le matin tout Paris sous les armes promenoit des regards inquiets sur le Palais où Louis et sa famille employoient tous les moyens de séductions, pour prévenir ou repousser l'atteinte, qui, disoit-il, mettoit sa personne en danger ; ce qu'on ne peut retracer sans horreur, c'est la dissimulation qui présidoit à ces préparatifs ; les Suisses serroient la main des gardes nationales et leur renouveloient les assurances d'une amitié dont ils devoient bientôt déposer le masque. Au moment où l'on se préparoit à pénétrer dans le château, un feu terrible nous assaillit de tous côtés ; l'indignation nous plongea d'abord dans un morne silence, la fureur l'interrompit, nous foudroyâmes ce repaire dont le possesseur s'étoit retiré lâchement ; les Suisses et les autres personnes déguisés se defendirent envain ; poursuivit sans relâche, ils tombèrent déchirés de coups ; la vengeance extrême, comme leur attentat, ne conuut point de bornes, ceux qui échappèrent au sort qui les attendoient sur le champ de bataille, furent massacrés dans l'Hôtel-de-Ville ; dès le soir même la perte du lâche Capet fut irrévocablement prononcé.

Air : *Des bossus.*

Quoique l'aurore présage un beau jour ;
La foudre gronde et menace la cour ,
Dès le matin , péroré par Louis ,
Le Suisse rond , fait serment aux louis ,
De rendre tout , ou soumettre Paris.

Air : *Çà ira , çà ira.*

L'air çà ira , çà ira , çà ira ,
Du sans-culotte annonce la présence ;
L'air çà ira , dans un moment sera
De la royauté le grand *libera* ;
Et pour juger les coups en assurance ,
Loin du combat Louis se retira ,
Quand çà ira , çà ira , çà ira ,
Du sans-culotte annonça la présence ,
Dans le sénat , Louis se retira ,
Qui le connut , sans peine le croira.

Air : *Sous le nom de l'amitié.*

Sous un voile d'amitié
Une foule traîtresse ,
Autour de nous s'empresse ;
Sous un voile d'amitié ,
Son tort par cette adresse ,
Alloit être oublié ,

Quand son feu,
Quand son feu
Nous assaillit sans pitié.

Air : *De la découpure, pot-pourri de Saint Antoine.*

On se tait, on frémit d'horreur ;
Mais à ce silence,
Précurseur de la vengeance,
Succèdent des cris de fureur,
Et l'effet terrible du bronze exterminateur;
Aussi prompt notre fer avec ardeur,
Au coeur des victimes,
Cherche la source des crimes,
Souvent n'atteint que celle de l'erreur,
Le premier coupable échappe au trait vengeur.

Air : *Des simples jeux de son enfance.*

Citoyen qui de cette lutte,
Par le trépas êtes sortis,
Du trône l'effroyable chûte,
Vous accabla de ses débris ;
Le sang que vos mânes exigent ;
Sous le fer des loix va couler,
Capet que ses remords poursuivent,
N'a qu'un instant à s'écrier.

Air : *Quel désespoir.*

Dieu ! quel malheur,
On prend d'assaut ma pétaudière ;
Mes gens d'honneur,
Par les vivres ou par le coeur ;
J'aurois, si ma colère
L'eut emporté sur ma frayeur,
Donné dans cette affaire
L'étrenne de ma valeur.
Dieu ! quel malheur, etc.

CHAPITRE XLIX.

VERGNIAUX, au nom de la commission extraordinaire, fit décréter que le peuple Français formeroit un convention, tendant à révoquer l'autorité de Louis XVI, qui fut transféré au Temple avec sa famille. Cette place lui convenoit sous bien des rapports, le seul que je ferai envisager, est celui qui existe entre ce roi parjure et les débiteurs peu solvables ; n'avoit-il pas consenti par la constitution, et même par les loix monarchique, à payer au peuple un tribut de tendresse et de soins. S'acquitta-t-il ? Non.

Les statues des rois furent abattues, sans excepter celle de Henri IV, qui, pour avoir été extrômement populaire, n'en fut pas moins un tyran. Lui seul créa la peine de mort contre les malheureux braconniers.

Air : *Sur les pas d'un discret amant.*

Sans s'acquitter, Louis devoit
Ses soins ou sa tête à la France ;
Vainement chaque jour échéoit
L'utile et sévère créance,
Dans le Temple il se retira
Pour faire peu longue retraite ;
En public il ne reparoîtra
Que pour liquider sa dette. (Bis.)

Air : *Qui cherche au bois belle endormie.*

Sots esclaves et vains despotes,
Figurés en bronze, en airain ;
Sous les coups de nos sans-culottes,
Vont éprouver même destin ;
Les grands et petits personnages,
Que le trépas réunissoit,
Ici leurs diverses images
Sont fondues au même creuset. (Bis.)

CHAPITRE L.

LA main hésite à retracer les horreurs auxquels Paris et quelques villes furent en proie, notamment les 2, 3 et 4 septembre. La prise de Longwy et de Verdun par les Prussiens et les Autrichiens réunis, portèrent la consternation dans l'ame du Français ; on résolut d'écraser l'ennemi sous une masse formidable; des visites domiciliaires furent faites dans les maisons; elles avoient pour but de s'emparer des armes qu'elles recéloient ; on décréta peine de mort contre quiconque refuseroit à la patrie son arme ou sa personne. On étoit prêt à voler au secours de nos frères, lorsque quelques voix salariés firent appréhender au généreux citoyen que sa femme, ses parens et amis, ne restassent exposés aux entreprises des détenus; on ne laissa pas le tems de réfléchir sur l'absurdité d'une pareille crainte; des scélérats, au nombre de trente, se portèrent aux prisons et maisons d'arrêt, et munis de pouvoirs signés des Pétion, Manuel, etc., etc., etc., ils s'en firent ouvrir les portes. Là, commença cette scène dont le souvenir pénêtre d'horreur l'ame la moins susceptible des douces impressions de l'humanité. Un tribunal odieux ouvert entre chaque guichet, vouoit au supplice ceux qui lui étoient désignés sous le nom d'aristocrate, et sur-tout les ennemis de leurs commettans ; la fin tragique de Bocquillon, juge de paix, en fournit une preuve. On assommoit chaque prisonnier, la rage des bourreaux n'avoit d'égale que la stupeur où le citoyen étoit plongé. Les glaives s'émoussoient sur ces victimes sans nombre, et en augmentoient le supplice. Un trait peindra quels hommes exerçoient cet exécrable ministère.

Las de travailler avec ardeur à cette œuvre d'iniquité, ils résolurent de joindre l'amusement à ce qu'ils appeloient le plus saint des devoirs. Une victime percée d'outre en outre du bois d'une pique, par les déchiremens qu'elle éprouvoit, en fit naître l'occasion ; ces antropophages la laissèrent en cet état plusieurs instans. Des cris de joie, des éclats de rire se faisoient entendre aux nouvelles attitudes que la douleur lui faisoit prendre, jusqu'à ce que las de perdre un tems précieux, il l'assommèrent.

Air : *Des bontés de son amour.*

Ces jours affreux et détestés,
Jours, supplice de la mémoire,
En traits de sang seront notés,
Sur les pages de notre histoire ;
Des meurtriers, sous l'oeil des loix,
Trouvant nos frères sans défense,
Contr'eux armèrent à-la-fois,
Et leurs bras et notre silence.

Air : *Un troubadour Béarnais.*

Quand les poignards s'émoussoient,
Fatigués de tant de crimes,
Moins flexibles s'acharnoient,
Les bourreaux sur leurs victimes;
Et dans leurs sein distiloient
La mort qu'elles invoquoient.

CHAPITRE LI.

Des théâtres s'élevoient sur toutes les places de la Capitale, pour recevoir les noms, l'âge et l'état de ceux qui vouloient marcher contre les ennemis de la patrie; le nombre de ceux qui s'engagèrent fut tel, que les listes se refusèrent à les inscrire. Cette mesure sauva la chose publique; l'attaque de Thionville ne réussit point aux ennemis, et la réunion de l'armée de Dumouriez à celle de Beurnonville, nous fit présager de nouveaux succès.

Air : *Lucas un jour dans la prairie.*

Pour nous soustraire à l'esclavage,
Par-tout s'élèvent dans Paris
Des théâtres où le nom, l'âge
Des bons citoyens sont inscrits ;
Une acclamation couronne,
Le Français devenu soldat,
Et de ces bureaux de Bellonne,
La recette sauve l'état. (Bis.)

Air : *De la chasse du roi et le fermier.*

Pour défendre ses droits,
Le peuple en masse cette fois
Se lève, et de son poids
Accable et réduit aux abois
Les rois ;
Comptons sur ses exploits,
L'honneur parle, il entend sa voix.

Convention Nationale.

CHAPITRE LII.

Les choses en étoient en cet état, quand la Convention ouvrit sa premième séance, qui frappa l'arbre antique de la monarchie jusques dans ses racines. L'abolition de la royauté, proposée par Collot-d'Herbois, fut décrétée avec des transports inexprimables ; on voua au néant les attributs qui pouvoient en retracer les crimes et les abus ; aux armes dites de France, empreinte sur le sceau de l'état, on vit substituer un faisceau, symbole de l'union qui doit régner parmi des républicains ; ce faisceau étoit surmonté d'un bonnet Phrigien, emblême de la liberté, sans laquelle cette union est illusoire.

On me permettra une comparaison peu mesurée, mais vraie sous ses rapports. Dans cette fable consacrée par des rabins juifs et chrétiens, on cite la création comme un acte de prudence et de promptitude, vû les différens objets qu'elle embrassoit. Le Seigneur créa d'abord cette masse informe et obscure, connue sous le nom de cahos ; ce principe posé, il en fit jaillir la lumière, sans doute pour le guider dans cette opération délicate, notre sénat commence d'abord par élever la République sur les déblais de la monarchie, et ce n'est qu'en anéantissant les principes autorisés pas un sot usage, qu'elle parvint à nous faire goûter la solidité de ceux du gouvernement actuel.

Air : *On compteroit les diamans.*

En six séances tour à tour,
Dieu forma ces deux hémisphères;
La première il créa le jour,
Pour l'éclairer les cinq dernières;
Aussi, pour vaquer à souhait,
Notre sénat, fin politique,
dit : Que la République soit,
Et la France fut République.

Air : *Ne dérangez pas le monde.*

Oui, de la machine ronde,
L'auteur en nous se peignit;
Car sans craindre qu'on nous fronde;
Nous faisons tout ce qu'il fit;
Par sa science profonde,
Du cahos l'ordre émanoit,
Nous dérangeâmes le monde,
Pour l'arranger comme il est. (bis.)

Air : *Guillot auprès de Guillemette.*

A cette navaroise chaîne,
A l'écu de France azuré,
La coëffure Phrigienne,
Un faisceau se voit préféré ;
Le peuple en ses desirs extrême ;
Après avoir déchu Capet,
A, pour souffrir le diadême,
La tête trop près du bonnet.

CHAPITRE LIII.

A PEINE la Convention est-elle formée, que l'orage la menace de toutes parts ; Robespierre est accusé d'aspirer à la dictature, Marat d'avoir écrit qu'elle étoit nécessaire ; tout deux se défendirent avec succès ; enfin on décréta peine de mort contre quiconque oseroit proposer

proposer de consigner entre les mains de quelqu'un ce dangereux pouvoir.

Air : *Du serin qui te fait envie.*

Aux amans de la dictature,
Un décret juste et solemnel,
Promit une mort prompte et sûre ;
Par forme d'avis fraternel ;
Sur une rage dictorale,
En beaucoup la peur prévalut ;
Cette leçon fut générale,
Mais à bon entendeur, salut.

CHAPITRE LIV.

Un comité, composé de vingt-quatre membres, est chargé de vérifier, conjointement avec le comité de surveillance, et deux officiers-municipaux, les pièces qui constateront les crimes de Louis XVI et de ses complices.

Le sceau de l'état, le sceptre et la couronne de Capet sont mis en pièces et transporté à la monnoie.

Air : *Avec les jeux dans le village.*

Couronne, le droit de naissance,
Souvent au vice le transmit,
ta splendeur ruina la France,
Par ta chûte elle s'enrichit,
Verge du pouvoir despotique,
Toi, sceptre avili par Capet,
Acquitte la dette publique,
Soulage ceux que tu fouloit.

CHAPITRE LV.

On enveloppa dans la proscription des hochets de la royauté, cette croix, dite de Saint-Louis, dont le but étoit de mettre en évidence les vertus militaires de l'individu qu'elle décoroit ; mais suivant l'usage abusif des titres et décorations, en tous les tems et sous tous les gouvernemens, cette croix devint souvent le prix de l'adulation, ou le don intéressé d'une courtisanne en faveur.

Un autre objet moins brillant, mais non moins sujet aux passe-droits, étoit la médaille accordée aux charbonniers travaillant sur les ports ; eh bien, croix et médaille disparurent par le même décret ; le même-tems et le même bureau les virent se réunir pour être immolées à la divinité du jour ; l'égalité.

Air : *Non, Non Doris ne pense pas.*

Large médaille et pauvre croix,
Entre vous quelle ressemblance,

Intéressées en votre choix,
Ou séduites par l'apparence ;
L'une obtenue à prix d'argent,
Et l'autre au boudoir méritée,
L'abus vous tira du néant,
Au néant vous êtes rentrée. (bis.)

CHAPITRE LVI.

L'ORSQUE les ennemis menacèrent de pénétrer en France, que Verdun et Longwy leurs furent livrées, on voulut faire de Paris une forteresse ; l'entreprise coûtoit des sommes immenses, et devenoit inutile, et même son exécution pouvoit un jour nous faire repentir d'y avoir songé ; la Bastille nous asservissoit sans retour, si le génie de la France n'eut conduit nos coups, et ne nous eût inspiré ; des bastions, des remparts pouvoient se tourner contre nous avec plus de succès ; le citoyen de cette commune, fort de son courage et de la justice de sa cause, résistera toujours avec avantage à ses ennemis, sans chercher à déguiser ses moyens de défense, sous l'appareil que nécessite les places frontières.

Air : *De la ronde du bon père.*

Le citoyen en bastions,
Sait trop ce qu'il en coûte,
Ses remparts sont ses bataillons,
Sa valeur est redoute,
Contre les rois et leurs recors
De se mesurer corps à corps,
D'impatience il sèche
Pour lui ravir amis, parens
Marcher à ses représentans,
Il faut (bis.) à son coeur faire brèche.

CHAPITRE LVII.

Tous les émigrés, par un décret terrible, sont bannis à perpétuité du territoire de la République, et ceux qui y rentreroient condamnés à la peine de mort. Il en coûta long-tems à la nation d'employer cette mesure, mais ils la provoquèrent, en nous livrant au fer de l'étranger : on remarquera qu'Osselin, député, fut le premier à solliciter ce décret, et que prévariquant lui-même, il périt sur l'échafaud.

Air : *De la romance de Werther et Charlotte.*

Enfant ingrat contre ta mère,
Quand ton bras s'arme d'un poignard:

Tu provoques la loi sévère
Qu'elle s'impose à ton égard ;
Sourd à la voix de ta patrie ,
Tu t'es déclaré son bourreau,
Son sein qui te donna la vie,
Ne t'offre qu'un affreux tombeau.

CHAPITRE LVIII.

Robespierre étoit inculpé par Louvet d'aspirer à la dictature, il se défendit avec cette véhémence qu'on lui connoissoit, de grandes phrases, des termes vieillis : voilà le levier avec lequel il remuoit les cœurs.

Air : *Jusques dans la moindre chose.*

Une inculpation grave,
Peut l'attendre sans danger ;
C'est une légère entrave
Qu'il prend plaisir à briser ;
De la tribune il s'empare ,
Escorté de ses vertus ;

Là, parle cet homme rare;
Mais comme on ne parle plus.

Qu'on me permette à ce sujet une réflexion sur ces expressions étrangères à notre langage actuel; le peuple devant être le souverain, au tribunal duquel se portent toutes les réclamations, pourquoi larder ses phrases des termes éversif, jactance rétroactif, etc., etc., etc., qui lui sont étrangers, et dont nos plus célèbres orateurs étoient avares. Il semble que l'on craigne d'en être entendu, je laisse aux personnes plus instruites que moi, le soin de deviner la cause de cette affectation pédantesque.

CHAPITRE LIX.

LE 20 novembre, Roland apporta un paquet de papiers trouvé, après bien des perquisitions, aux Tuileries, dans la fameuse armoire de fer. Le serrurier qui en avoit construit la porte dans l'excavation d'un mur, étoit venu en faire la dénonciation. L'assemblée choisit un certain nombre de députés pour en faire l'examen. Entre différentes pièces, toutes à la charge de Capet, on trouva la copie d'une lettre à Bouillé, lors du massacre de Nancy, et la réponse de celui-ci à Capet.

Air : *Un mouvement de curiosité*

De cette armoire, heureuse découverte ;
Qui dans son jour montra la vérité ;
On doit saisir l'occasion offerte,
La loi l'exige ainsi que l'équité ;
A l'épier, il faut qu'on soit alerte,
Elle naît de la curiosité.

CHAPITRE LX.

Il fut aussi prouvé que Louis XVI envoyoit à ses frères des sommes immenses pour subvenir à leur entretien et équippement ; d'où ces envois provenoient-il, si ce n'est du trésor public ; il étoit affreux de voir le peuple solder ses assassins. Voilà sans exagération ce qu'il faisoit, graces aux dilapidations exercées par la cour ou ses agens.

Air : *Au coin du feu.*

Louis, non sans tristesse,
Voit dépourvus d'espèces
Ses bons parens ;
Avec grace et noblesse
Leur prouve sa tendresse,
A nos dépens. (Bis.)

CHAPITRE LXI.

Les Savoisiens, las de végéter sous le roitelet Victor, demandèrent et obtinrent leur réunion à la République Française ; on agréa leurs propositions, et dès cet instant ils furent déclarés citoyens Français. Leur contrée forma un nouveau département.

Air : Il étoit une fillette.

Des vertus républicaines,
Admirateurs Savoisiens,
Un décret brise tes chaines ;
Sois Français et citoyen ;
Venges, respecte les loix,
Soutiens tes droits
Fondés sur la nature ;
Jadis grace au joug des tyrans,
Tu rampois sous des coursisans ;
Dans les combats,
Voici le cas
De les traiter du haut en bas. (Bis.)

CHAPITRE LXII.

Louis est traduit à la barre de la Convention ; on lui fait la lecture de l'acte énonciatif de ses forfaits ; il subit un interrogatoire, et répond à divers chefs d'accusation ; on lui accorde

corde un conseil ; il choisit Tronchet, Deseze et Malzerbes.

Air : *Un matin brusquement.*

Sur la tour où gissoit
Cette famille coupable,
Le silence planoit,
La terreur l'y maintenoit :
De ce donjon l'écho gémit,
Frappé d'une voix formidable ;
C'est un ordre qui traduit
A cette barre redoutable,
Capet, sur qui rejaillit
Le sang du peuple qu'il trahit.

CHAPITRE LXIII.

QUELQUES membres voulurent écarter le jugement de Capet, en proposant de banir de France tous les Bourbons ; la famille d'Orléans trouvoit de puissans défenseurs ; elle comptoit son chef parmi les représentans du peuple, il s'agissoit de savoir s'il devoit être compris dans le décret ; on prononça celui qui banissoit tous les Bourbons, ceux du Temple exceptés ; ils furent tous jusqu'à Marseille.

Air : *Fillette est propriétaire.*

Lorsque le fer étincelle
Entre les mains de la loi ;
Du Bourbon mâle ou femelle,
On décrète le renvoi ;
Pour Marseille la joyeuse,
Il s'embarque à ses dépens,
De tripottiers, d'entremetteuses ;
La collecte pour d'Orléans
Fut douze francs,
De longs gants,
Astringens
Et drogues sulphureuses.

CHAPITRE LXIV.

Le chargé d'affaires de la cour de Madrid, fit remettre deux déclarations du ministre Espagnol ; la première, relative au systême de neutralité, dont la cour promet de ne point se départir ; la seconde eut pour objet le désarmement des troupes rassemblées sur les frontières des états respectifs, mais le véritable motif de cette note officielle, étoit d'obtenir que Louis XVI ne fut point jugé, qu'il lui fut accordé un asyle avec sa famille, et que la nation Française suivit plutôt l'impulsion naturelle de sa générosité, que celle de sa justice. La Convention passa à l'ordre du jour, et continua la discussion sur le procès de Louis Capet.

Air : *Si je le gronde quelquefois.*

Pardevant moi j'ai du comptant,
Mandoit sa majesté catholique,
Donnez l'essor à mon parent,
J'enrichis votre République ;
L'assemblée unanimement,
Econduisit, mais poliment,
Vu le titre qui l'accompagne,
L'envoyé de sire (bis.) d'Espagne.

CHAPITRE LXV.

L'APPEL au peuple ayant été proposé, et rejeté à la majorité de 745 voix sur 693, on s'occupa du genre de peine qu'on devoit infliger à Capet. L'appel nominal fut ouverte, chaque votant prononça à la tribune le genre de peine qu'il pense que le coupable a encouru.

L'appel nominal a commencé la veille, a duré toute la nuit, et n'a fini que le lendemain à six heures du matin. Le nombre des votans étoient réduits à 721 ; 361 suffrages formoient la majorité. Il y en eut 366 pour la mort, et le président déclara, au nom de la Convention, que la peine qu'elle prononçoit contre Louis, étoit la mort. Un profond silence règna d'après cet arrêt, comme si elle se fut étonnée du grand coup qu'elle portoit sur le coupable le plus illustre par le rang et par ses crimes.

Air : *Vous m'ordonnez de la brûler.*

L'appel au peuple rejetté,
On prépare un grand sacrifice,

Et la vengeance et l'équité,
De Louis pressent le supplice ;
La voix timide sur son sort,
Indiscrettement s'appitoie,
Des cris ont invoqué la mort,
Qui bientôt dévore sa proie.

CHAPITRE LXVI.

LE 20 janvier, veille du jour indiqué pour l'exécution de l'arrêt prononcé contre Louis XVI, le citoyen Lepelletier de Saint-Fargeau, député, se trouvant chez le citoyen Février, restaurateur, pour y prendre son repas, le nommé Pâris, ex-garde-du-corps, entra dans la salle où se trouvoit ledit citoyen Lepelletier ; après plusieurs propos vagues, Pâris lui demanda s'il avoit voté pour la mort du roi ; sur l'affirmative, cet assassin lui plongea un sabre dans le corps.

Air : O ma tendre musette.

Pelletier à la haine
Toujours fermant son coeur,
En prononçant la peine,
respecta le malheur ;
Laissant à sa patrie
Des regrets superflus,
Sa mort a de sa vie
Exhalté les vertus.

CHAPITRE LXVII.

A PEINE l'aurore pointilloit-elle, que des tambours, par un rappel général, invitèrent les citoyens à se rendre dans leurs sections respectives ; on prit les les mesures propres à garantir cette exécution de l'entreprise des royalistes, et des écarts d'une sensibilité dangereuse dans ces circonstances ; toute la force armée formoit en partie une haie, depuis le Temple jusqu'à la place de Louis XV, dite de la Révolution, et des patrouilles en disséminoit l'autre. Enfin Capet s'éloigna pour toujours d'une épouse perfide, auteur de ses maux et de l'horrible catastrophe qui les termina. La voiture du maire le conduisit, ainsi que le confesseur et deux gendarmes. Cette marche fut lente et paisible ; arrivé au lieu de son supplice, il montra le calme de la résignation, soit que l'espoir ne l'eut point abandonné, ou que ses principes religieux lui en fissent un devoir ; sur l'échafaud il voulut haranguer le peuple, mais au signal donné par Santerre, alors commandant en chef de la force armée, un roulement continu le contraignit à se taire ; sa tête séparée de son corps parut bientôt aux yeux des spectateurs, qui, par des cris de vive la République, témoignèrent ne pas douter un instant de la félicité publique qui devoit suivre cette époque. La tête et le tronc furent enterrés dans le cimetière de la Magdeleine, et dévorés par la chaux vive dont on les couvrit.

On remarqua plusieurs personnes qui, sous des vues différentes, recueilloient le sang de Capet au lieu de l'exécution. Un Anglais, entraîné par une superstition politique, paya pour que son mouchoir fut teint de ce même sang, peu de tems après on le vit flotter à Londres, sur l'une des principales tours.

Air : Allons, enfans de la patrie.

Voeu stérile ou vaine menace,
Par le sénat êtes bravés,
Et Louis touche à cette place
Ou le fer terrible est levé, (bis.)
Tyrans armés contre la France,
Vos forfaits seront expiés,
Le peuple invoque la vengeance,
Une tête roule à ses pieds;
Aux armes, citoyens,
Soutenez votre nom,
Des rois, la mort
Joindra le sort à celui de Bourbon.

CHAPITRE LXVIII.

On peut considérer les exécutions révolutionnaires, ainsi que des cures opérées sur le corps politique du gouvernement, les assassinats, les complots sont les accidens produits par le transport de certains malades en traitement, mais qu'un procédé sage conduisit à la guérison la moins équivoque.

Ce premier volume indiquera la marche que nos législateurs suivirent pour connoître par l'examen des symptômes, les genres de maladies auxquelles il étoit urgent de remédier. Le second donnera des détails circonstanciés de toutes les opérations possibles : l'extirpation des

Danton, Hébert, Maximilien, etc., etc., etc., et se terminera à l'époque de l'entière exfoliation de tous les Carrier-Nantais.

Air : *La boulangère.*

Lorsqu'un chef royal gangrenoit
Tout le corps politique,
A l'extirper on hésitoit,
C'est que la faculté redoutoit
Une crise publique. (Bis.)

La cure d'un tyran Bourbon,
Fut cure souveraine;
Mais on ne fit pas de façon
Pour Brissot, Robespierre et Danton,
Tyrans à la douzaine. (Bis.)

De qui la tête concevra
Migraine jacobite,
La faculté s'en saisira,
Et par son procédé coupera
Le mal dans sa racine. (Bis.)

De foiblesse ou sévérité,
L'excès est toujours crime;
Pour les loix et l'humanité,
De l'hospice de la liberté,
Observons le régime. (Bis.)

ARTICLES ADDITIONNELS

Du premier Volume.

La connoissance parfaite de certains événemens, leurs suites, la fin de quelques personnages célèbres dans la Révolution, étant omis dans le cours de cet ouvrage, par ignorance des faits, ou par d'autres considérations, il nous a paru nécessaire de les réunir à la fin de chaque volume, par forme de supplément, et d'indiquer le chapitre auquel chacun de ces faits aura quelque rapport.

CHAP. II.

Brienne, archevêque de Sens, depuis désigné sous le nom de

cardinal de Loménie, présenta l'établissement d'une cour plénière, sujet de ris aux dépens de l'archevêque ; l'impôt territorial qui souleva les riches, et celui du timbre qui allarma tout le commerce, et indigna les financiers, qui vouloient soustraire leurs porte-feuilles aux impôts.

CHAP. III.

Les députés des communes décrétèrent que les impôts, quoique non-consentis par la nation, continueroient d'être perçus ; qu'un de leurs premiers travaux seroit de consolider la dette publique, et qu'il seroit nommé un comité pour s'occuper des moyens de remédier à la disette qui affligeoit la France.

Chap. IV.

La séance royale eut lieu le 23 ; dans un discours, le roi commandoit et ne consultoit pas ; il finit par ordonner aux députés de se séparer tout de suite, et de se rendre le lendemain matin dans les chambres affectées à chaque ordre, pour y reprendre leurs séances.

Chap. V.

Lorsque l'Assemblée nationale demanda à Louis de faire retirer les troupes qui allarmoient les citoyens et gênoient la liberté des séances, on leur fit la réponse que, s'ils en concevoient quelques allarmes, ils pouvoient tenir leurs séances à Noyon, à Soissons, à Compiegne, où Louis XVI se rendroit lui-même.

Chap. XIV.

Flesselles, prévôt de Paris, éprouva le même sort que Delaunay, avec lequel il parut d'intelligence.

Chap. XV.

La terreur, lors de la prise de la Bastille, remplaça les festins qui se donnoient dans l'Orangerie de Versailles, où étoient embusqués les soldats allemands de Nassau.

CHAP. XVI.

Foulon, et Bertier son gendre, intendant de Paris, furent mis en pièces.

CHAP. XX.

L'assemblée décréta à la majorité de neuf cents onze voix, contre quatre-vingt-neuf, qu'il n'y auroit qu'une chambre, et que le corps législatif seroit renouvelé tous les deux ans par de nouvelles élections, et que cette période de deux années seroit appelée législature.

CHAP. XXII.

La grille fut forcée, on massacra plusieurs gardes-du-corps, et on pénétra jusqu'à l'appartement de Marie-Antoinette, qui n'eut que le tems de se sauver, elle sur-tout que la hache poursuivoit.

CHAP. XXVI.

La forme des poignards dont s'étoient armés les chevaliers, annonçoit que le complot avoit été formé de longue main, un fort anneau servoit à les tenir, et il en sortoit une lame à deux tranchans, terminée en langue de vipère.

CHAP. XXX.

Bailly, ex-maire de Paris, fut guillottiné en 1794 ; le Champ-de-Mars devoit être le lieu de son exécution, ou y avoit même dressé l'échafaud, son funeste cortége prêt à s'arrêter en cet endroit, fut détourné par Grammont, un des commandans de l'armée révolutionnaire, on démonta l'échafaud pour le remonter hors de l'enceinte du Champ-de-Mars; ces apprêts durèrent près de trois heures, pendant lesquels Bailly, ferme et tranquille, étoit couverts de boue, de crachats, et même frappé, en applaudissant à son supplice ordonné par la loi. On se récria beaucoup sur cette inutile vengeance, qui portoit un caractère d'atrocité indigne de la nation, sous les yeux de laquelle on se la permettoit.

CHAP. XLII.

Luckner eut ordre d'attaquer

aux défilés de Porentrui, Rochambeau et Lafayette dans le Pays-Bas.

CHAP. XLIV.

Servant, nouveau ministre de la guerre, crut trouver un moyen de conserver Rochambeau à la France, en engageant Luckner à venir dans l'armée du Nord, pour y servir sous lui.

CHAP. XLIX.

Sous prétexte de faire disparoître ce qui pouvoit transmettre les traits des rois, princes et généraux, devenus l'objet de notre exécration, des ignorans ou mal intentionnés mutilèrent les statues de grands personnages de l'antiquité, et quantité de vases, chefs-d'œuvres de l'art ; Rome, repaire du fanatisme, leur offroit des exemples de modération, en laissant subsister dans son sein, et même soignant les précieux débris des ouvrages consacrés jadis aux divinités du paganisme ; à l'instant où je soumets au lecteur ces réflexions à ce sujet, notre soin et notre vénération pour les arts, est le garant d'une administration sage et éclairée.

CHAP. L.

Les auteurs de ces massacres, sur lesquels on lançoit par intervalle des regards vengeurs, détournés presqu'aussitôt et avec affectation sur des objets moins faits pour le provoquer, ne peuvent plus s'y soustraire, ils sont maintenant poursuivis, et les asyles que le crime leur offroit, ne leur laisse appercevoir que les traces des foudres qui vont les exterminer. Depuis ces affreuses journées, il est impossible de peindre l'effroi des prisonniers, aux moindres mouvemens extraordinaires, chacun croit voir la fatale bûche levée sur sa tête ; plusieurs même étoient déterminés à se donner la mort, plutôt que de tomber vivans entre les mains de ces Cannibales.

CHAP. LII.

Tous les corps administratifs et judiciaires furent renouvelés, et le peuple eut droit de se choisir ses juges parmi les citoyens.

Chap. LIII.

Marat se défendit en disant qu'il ne l'avoit conseillé que pour remercier le tyran Capet; on fut assez bon ou assez timide pour se contenter de cette excuse pitoyable; Robespierre se justifia par l'éloge de sa vie privée et publique, parla beaucoup de ce qu'il avoit fait, sans nous laisser entrevoir ce qu'il avoit dessein de faire; il est assez ordinaire à ceux qui, comme lui, ont dessein d'asservir le peuple, de l'éblouir d'abord pour l'égarer plus facilement; Cinna eut des vertus; Comwel eut pu servir d'exemaux potentats légitimes; Sixte-Quint,

Quint, sous les dehors de l'amitié, comprimoit cet orgueil élastique, auquel il rendit son jeu, lorsqu'il se dépouilla de l'habit de frère prêcheur, pour revêtir la pourpre, objet de ses vœux les plus ardens.

CHAP. LV.

Cette anecdote servira de preuve à ce que j'avance.

Un militaire distingué par ses talens et de longs services, ne pouvoit obtenir la croix; ses réclamations trop vives eussent pu le compromettre, il se contenta de gémir de l'injustice des hommes, sans cependant renoncer au desir de se faire estimer. Un jour qu'il se promenoit à cheval sur les bords d'un fleuve rapide, des cris frappèrent son oreille, et des femmes éperdues lui parurent allarmées sur le sort de certain objet, que les flots emportoient loin d'elles ; il se hâta de les joindre, et de s'enquérir de la nature de leurs peines ; il en apprit que le petit chien favori d'une très-grande dame, dont elles se dirent suivantes, alloit périr, si le ciel ne faisoit un miracle en sa faveur ; notre généreux militaire osa le tenter en se poussant au fleuve, et parvint à retirer le roquet bien-aimé, et à le remettre aux mains des peu soigneuses soubrettes, qui voulurent savoir le nom et l'état de celui auquel madame avoit de si grandes obligations ; en les quittant il satisfit leur curiosité. Le lendemain notre preux se vit possesseur d'une croix et d'une pension. On saura que la dame tant citée étoit la sultanne en faveur du ministre de la guerre.

CHAP. LVII.

Le même Osselin sollicita la peine de mort et la confiscation des biens contre ceux qui habitent ou ont habité les pays en guerre avec la France, et la confiscation des biens contre ceux qui habitent un état qui n'est pas en guerre avec la République, peine de mort contre tous ceux qui auroient aidé, favorisé, fomenté ou excité l'émigration, cassassion de tous actes de ventes, donations et substitutions faites par des émigrés, depuis le premier juillet 1789.

Même Chapitre.

Toulongeon écrivoit aux frères de Louis Capet, qu'il ne restoit en France que pour y faciliter les émigrations ; il fut décrété d'accusation, décret inutile par les circonstances, vu son émigration constatée.

CHAP. LIX.

Le 23 on lut une de ces pièces, dans laquelle le rapporteur dit : que Louis XVI a conseillé le massacre de Nancy, et que le fait paroissoit être constaté par une de ses lettres à Bouillé, et par la réponse qu'il en avoit reçu.

CHAP. LXIII.

Quelques membres voulurent écarter le jugement de Capet, en proposant de banir de France tous les Bourbons ; la famille d'Orléans trouvoit de puissans défenseurs, elle comptoit son chef parmi les représentans ; il s'agissoit de savoir s'il devoit être compris dans le décret, ce qui le concernoit fut ajourné, et l'assemblée prononça que tous les autres membres de la famille, excepté les détenus au Temple, seroient obligés de sortir sous trois jours du département de Paris, et sous huit du territoire de la République.

Pétion proposa, et l'assemblée décréta l'ajournement de la discussion sur la famille des Bourbons, jusqu'après le jugement du ci-devant roi.

CHAP. LXIV.

La discussion fut prolongée jusqu'au sept janvier, jour où l'assemblée décréta qu'elle étoit formée, et elle ajourna à huitaine la prononciation du jugement.

Après de longs débats, la Convention établi trois questions, sur lesquelles elle prononça dans l'ordre suivant : 1°. Louis Capet est-il coupable de haute trahison ? 2°. Le jugement, quel qu'il puisse être, sera-t-il soumis à la sanction du peuple ? 3°. Quel peine lui sera infligée ?

On donne la lecture de la question sur laquelle l'assemblée devoit prononcer ; elle étoit ainsi conçue : Louis est-il coupable de conspiration contre la sûreté générale ? Le point de délibération ainsi fixé, l'appel nominal commença. Chaque membre monta à son tour à la tribune pour exprimer son vœu par *oui* et par *non* : l'appel nominal achevé, le président en a proclamé le résultat : sur 745 membres, 683 ont prononcé pour l'affirmative, 20 étoient absens par commission, cinq pour cause de maladie.

Aucun des membres n'a voté pour la négative, mais 26 d'entr'eux ont fait diverses réclamations ; en conséquence du résultat de l'appel nominal, le président a prononcé que la Convention nationale déclare Louis XVI coupable d'attentats contre la liberté, et de conspiration contre la sûreté de l'état. L'assemblée passa ensuite à l'appel nominal sur cette question, le déoret a rendre sur le sort de Louis Capet, sera-t-il soumis à la sanction du peuple.

La plupart des membres, en donnant leur opinion, la faisoit précéder de quelques observations ; ceux qui votoient pour l'appel au peuple, donnoient pour leur motif principal, le respect dû à la souveraineté nationale ; ceux qui votoient contre l'appel, se fondoient sur la crainte d'exciter dans les assemblées primaires des troubles dangereux, qui pouvoient aboutir à une guerre civile, le président a proclamé le résultat du scrutin. Sur 745 membres, 20 étoient absens par commission, tous n'ont pas voté, cinq étoient malades; 285 ont voté pour l'appel, et 424 l'ont rejeté: en conséquence, le président a déclaré, au nom de la Convention, que le décret a intervenir sur le sort de Louis Capet, ne seroit pas soumis à la sanction du peuple.

Fin du premier Volume.

AVIS.

L'on prévient les citoyens libraires et le public, que la véritable édition de la Révolution en Vaudevilles, ne se trouve que chez la citoyenne CHAMPON, Cloître Merry, N°. 465, et que tous les exemplaires sont signés d'elle.

anne champon

www.ingramcontent.com/pod-product-compliance
Ingram Content Group UK Ltd.
Pitfield, Milton Keynes, MK11 3LW, UK
UKHW020315250726
13967UKWH00004B/1736

9 782013 087674